ティンガティンガ・アートでたのしむアフリカのむかしばなし

1 なぜなぜばなし

# どうぶつ村の井戸

しまおかゆみこ 編・再話／ヤフィドゥ 絵

かもがわ出版

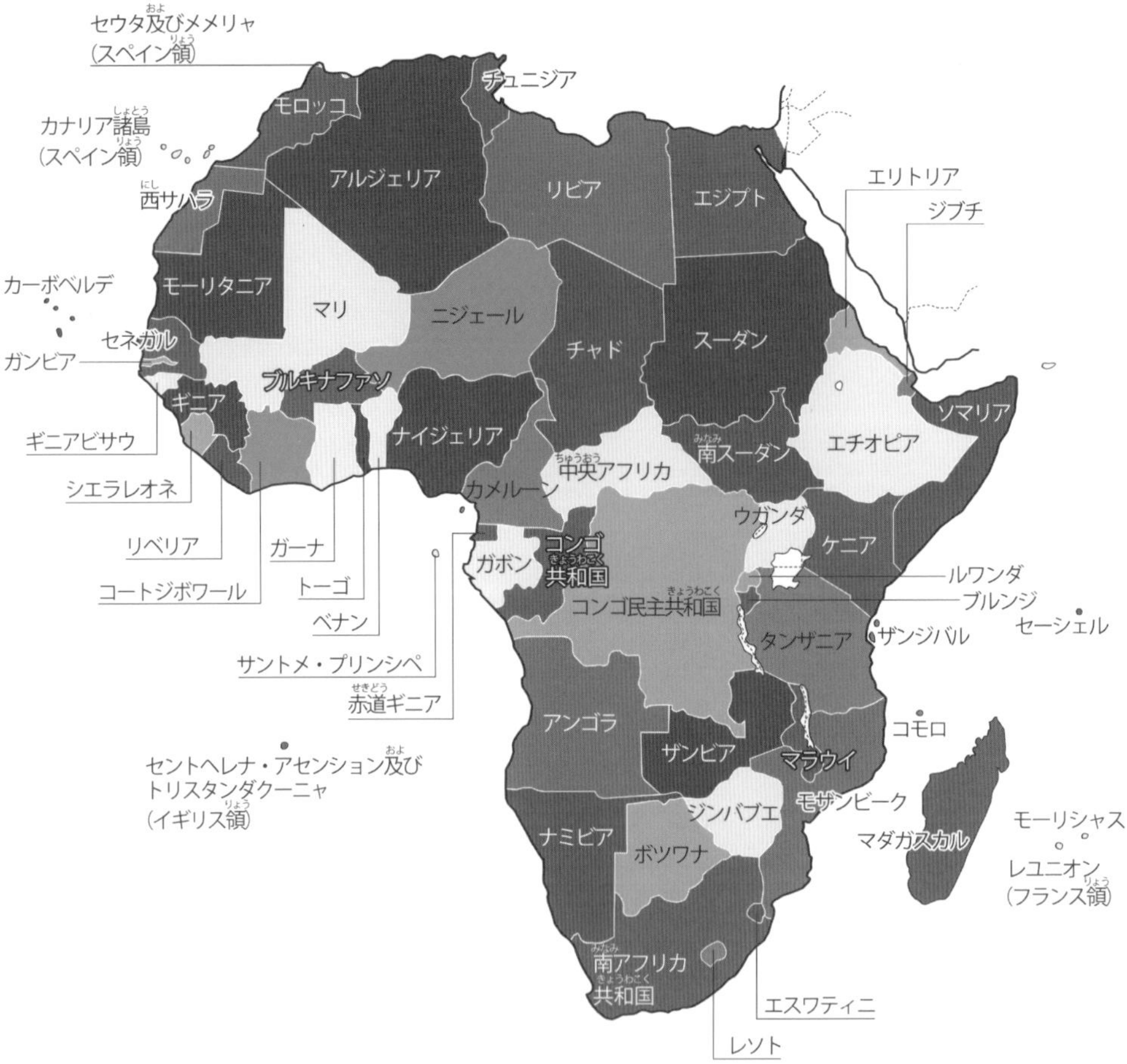


## アフリカ大陸《たいりく》の地図《ちず》

# もくじ

◉ティンガティンガ・アートとは◉

1968年《ねん》に、タンザニアの
エドワード・サイディ・ティンガティンガさんが
はじめた、絵《え》のかきかた。
6色《しょく》のペンキを　つかって、
したがきを　しないで、
タンザニアの　しぜんや　どうぶつ、
人《ひと》びとの　せいかつなどを、
のびのびと　えがくのが　とくちょうです。

# ハイエナとカラス

## ケニアのおはなし

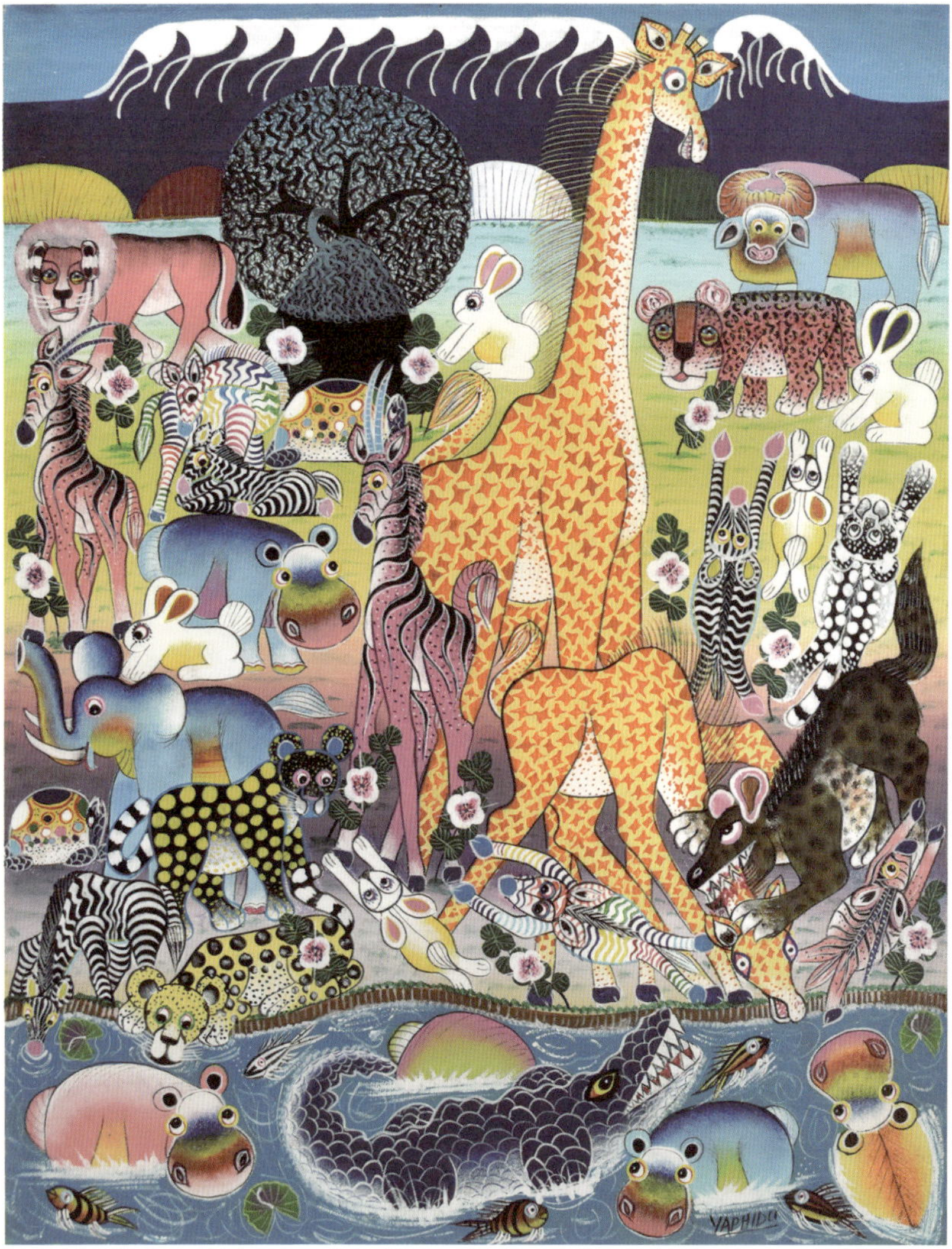

ハポ　ザマニザカレ（むかしむかし、あるところに）
ハイエナがおりました。
ハイエナは、ライオンよりずっと強《つよ》くて、いつだって
えものをつかまえて、たらふく食《く》うことができました。
でも、ハイエナは、空《そら》をとべるカラスを　うらやまし
がっていました。

ある日《ひ》、ハイエナが、
空《そら》をとんでいるカラスにむかって　いいました。
「ジャンボ！（こんにちは！）

ハバリ　ヤコ？（元気《げんき》かい？）」

カラスは、強《つよ》いハイエナが　あいさつしてくれたのが

うれしくて、わざわざじめんにおりて、きげんよくこたえました。

「ムズリ　サーナ（とっても元気《げんき》ですよ）」


そのときです。

ハイエナは、くるりと後《うし》ろをむくと、三日《みっか》がまんしていたクソを　どばどばっと　カラスに　かけたのです。

カラスの　はねは、どろどろ　ねばねば　クソまみれ。

目《め》も耳《みみ》もはなも、どろどろ　ねばねば　クソまみれ。

YAPHIDU

カラスはおこって、ハイエナを　どなりつけようとしたのですが、くちばしが　クソで　ふさがれて声《こえ》になりません。

それを見《み》てハイエナは、

「ククケケ　ケケケ、ファファファファファファー

キャホキャホ　ケケケ、ファファファファファファー」

と、わらいころげました。

カラスが　クソにまみれて　くるしがっていると、めぐみの雨《あめ》が、ポツポツ、ポツポツ、ザザーッと

ふってきました。
そうです。ケニアに雨《あめ》のきせつが　きたのです。
カラスは、雨《あめ》のおかげで、クソにまみれた顔《かお》をあらい、
体《からだ》をあらって、やっと元気《げんき》になりました。
ハイエナは、それを見《み》てもまだ、「ククケ　ケケケ」
と、わらっていました。

「いまに　見《み》ていろ」
カラスは　そうつぶやくと、空《そら》にむかって　とんで
いきました。

それからずいぶんたった　ある日《ひ》、ハイエナの頭《あたま》に、どうぶつのほねが　こつんと　あたりました。
ハイエナにとっては、ほねだって　ごちそうです。
大《おお》よろこびで　バキバキかみくだき、ほねのずいまでしゃぶりました。

するとまた、ハイエナの頭《あたま》に、ほねが　こつんとあたりました。
ハイエナは　大《おお》よろこびで、バキバキかみくだき、ほねのずいまで　しゃぶりました。

ほねをぜんぶ食《く》いおわると、このほねが　どこから
きたのか　しりたくなって、上《うえ》を見《み》ました。
そこには、カラスが　とんでいました。
ハイエナは、カラスに　クソをぶっかけたことなど、
すっかりわすれて　いいました。
「ジャンボ！（こんにちは！）
ハバリ　ヤコ？（元気《げんき》かい？）」
カラスは　こたえました。
「ムズリ　サーナ（とっても元気《げんき》ですよ）」

ハイエナが、聞《き》きました。

「このほねをくれたのは、きみだったのかい？」

「ああ、そうですよ。うまかったですか？」

と、カラスは　こたえました。

「ああ、とってもうまかったよ。ところで、このほねは
どこで見《み》つけたの？」

と、ハイエナがきくと、カラスは、

「あの白《しろ》い雲《くも》の上《うえ》です。あそこにいけば、いくらだって
ごちそうが　あるんですよ」

と、いいました。

ハイエナは、白《しろ》い雲《くも》を見上《みあ》げ、よだれを　だらだら
たらしながら、いいました。
「カラスくん、ぼくを雲《くも》の上《うえ》に　つれていっておくれよ」
カラスは　こたえました。
「ハイエナさんには、羽《はね》がないから　むりですよ」
「じゃあ、きみのおっぽに　つかまっていくから、
つれていっておくれ」

YAPHIDU

「しかたがないなあ。じゃあ、しっかり　つかまって
いてくださいよ」
ハイエナは、よろこんで、カラスのおっぽに
つかまりました。
「じゃあ、いきますよ」
カラスがとぶと、ハイエナの体《からだ》が　ふわりと　うき
ました。

　でも、カラスは、雲《くも》のほうに　いかないで、ハイエナの家《いえ》に　むかいました。そして、

「ハイエナさん、どうせなら、かぞくもみんな　つれていってあげますよ」

と、いったので、ハイエナは、

「カラスくん、きみは　なんて　やさしいんだろう。かぞくみんなで、白《しろ》い雲《くも》の上《うえ》にいって、おもいっきりごちそうを食《く》えるなんて、ゆめみたいだ！」

と、いいました。

ハイエナの家《いえ》につくと、
カラスのおっぽに　ハイエナが、
そのしっぽに　おくさんハイエナが、
おくさんハイエナのしっぽに　こどもハイエナが、
こどもハイエナのしっぽに　ばあちゃんハイエナが、
ばあちゃんハイエナのしっぽに　あかちゃんハイエナも
つかまって、あとは　じいちゃんハイエナだけになった
ので、みんなで、
「じいちゃん、いっしょに雲《くも》の上《うえ》にいこうよ」
と、よびました。

YAPHIDU

でも、わかいころ、ワニにかまれて、後《うし》ろ足《あし》が
みじかくなってしまった　じいちゃんハイエナは、
「わしは　もう年《とし》だから　いかないよ。
おまえたちだけで　いっておいで」
と、見《み》おくりました。

カラスのおっぽに　つかまった　ハイエナと、
それぞれのしっぽに　つかまった　かぞくたちは
みんなで空《そら》をとんでいきました。

そして、白《しろ》い大《おお》きな雲《くも》のそばまできた、そのときです。
カラスのおっぽが　ぷちんとちぎれて、ハイエナとかぞくたちは、「グアァーアァ、ファファファァー」と、さけびながらおっこちて、みんなみんな、しんでしまいました。

家《いえ》で　るすばんをしていた　じいちゃんハイエナは、しかたないので、また　あたらしく　かぞくをつくりなおしました。

YAPHIDU

そのときから、ハイエナは、
じいちゃんハイエナと同《おな》じように、
後《うし》ろ足《あし》がみじかくなって、
ライオンの　おこぼれを食《く》いながら
生《い》きるようになったのです。

ケニアのはなしは、これで、おしまい。

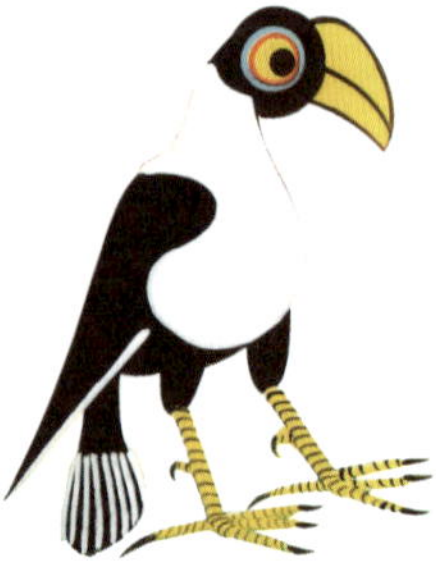

# ルウェンゾリ山《さん》の火《ひ》と
# ナイル川《がわ》のカバ

## ウガンダのおはなし

ザマニザカレ（むかしむかし）、
火《ひ》とカバがおりました。
火《ひ》は　ルウェンゾリ山《さん》のてっぺんに　すんでいて、
ぼうぼうもえていました。

カバは　ナイル川《がわ》にすんでいて、
体《からだ》じゅうに　ふさふさの毛《け》が
はえていました。

ふたりは、大《だい》のなかよしだった
ので、遠《とお》くはなれて　くらして
いても、毎日《まいにち》会《あ》って、たくさん
おしゃべりをして、
たのしくすごしていました。

カバは、毎日《まいにち》　山《やま》をのぼって　火《ひ》に会《あ》いにいき、
日《ひ》がくれるころには、山《やま》をおりて、家《いえ》に帰《かえ》りました。

そのようすを見《み》たウサギが、ある日《ひ》、カバに
いいました。

「友《とも》だちなんていっているけれど、
火《ひ》は、カバくんの家《いえ》に　きたことがないじゃないか。
友《とも》だちなら、おたがいの家《いえ》に　いくべきだろ。
カバくんがおもっているほど、火《ひ》はきみのことなんか
友《とも》だちとはおもってないのさ」

カバが、

「そんなことないよ。ぼくと火《ひ》は　友《とも》だちだよ」

と、いうと、ウサギは、

「そんなにいうなら、こんど、火《ひ》を家《いえ》にさそってみなよ」

と、いいました。


次《つぎ》の日《ひ》、カバは、いつものように　ルウェンゾリ山《さん》をのぼって　火《ひ》に会《あ》って、たくさんおしゃべりすると、帰《かえ》るときにいいました。


「ねえ、あしたは　ぼくの家《いえ》においでよ」

火《ひ》は、かなしそうにいいました。

「おまねきありがとう。でも、ぼくは、この山《やま》の上《うえ》に　いなくちゃいけないんだよ。ごめんね」

カバが、

「そうか、それならいいや。じゃあ、あしたも、ぼくが会《あ》いにくるよ」

と、いったので、火《ひ》は　ほっとした顔《かお》でいいました。

「うん、あしたもまってるよ」


カバが家《いえ》に帰《かえ》ると、ウサギがやってきて　いいました。

「どうだった？」

カバが、火《ひ》はこないことをいうと、ウサギは、

「やっぱり、火《ひ》は、きみのことなんか、友《とも》だちとは

おもってないんだよ」と、いいました。
　カバは、
「そんなことないさ、ぼくと火《ひ》は、友《とも》だちだよ」
と、いったものの、ウサギにいわれて、ちょっぴり
じしんがなくなってしまいました。
　ウサギは、
「それなら、次《つぎ》は、家《いえ》にこないなら　きみは　ぼくの
友《とも》だちじゃないよって　いってみなよ。
そうすれば、ほんとうの友《とも》だちかどうか　わかるだろ」
と、いいました。

その次《つぎ》の日《ひ》、カバは、いつものように
ルウェンゾリ山《さん》をのぼって　火《ひ》に会《あ》って、ひとしきり
おしゃべりすると、帰《かえ》るときに　いいました。
「ねえ、あしたは、きみが　ぼくの家《いえ》に　おいでよ」
山《やま》の上《うえ》の火《ひ》は、かなしそうに　いいました。
「おまねきありがとう。でも、ぼくは、この山《やま》の上《うえ》に
いなくちゃいけないんだよ。ごめんね」

YAPHIDU

カバは、
「いつだって　ぼくが山《やま》の上《うえ》まで会《あ》いにきているんだよ。
いちどくらい　きてくれたっていいじゃないか。あした
ぼくの家《いえ》にこなければ、もう友《とも》だちじゃいられないよ」
と、いったので、火《ひ》は、とてもこまった顔《かお》をしました。
そして、しばらく考《かんが》えてから、こういいました。
「ぼくにとって、たったひとりの友《とも》だちをなくすのは
いやだ。わかったよ。
あしたは、カバくんの家《いえ》にいくよ」

カバはそれを聞《き》いて、とてもよろこんで、山《やま》をおりていきました。

あくる日《ひ》、カバは、山《やま》の上《うえ》まで火《ひ》をむかえにいき、

「さあ、今日《きょう》は、ぼくの家《いえ》にいこうね」

と、いって　すぐに山《やま》をおりはじめました。

そして、火《ひ》も、カバの後《うし》ろについて、山《やま》をおりていきました。

カバは、火《ひ》が家《いえ》にきてくれるので、うれしくてたまりません。

VAPHIRU

火《ひ》も、生《う》まれてはじめて、友《とも》だちの家《いえ》にあそびにいくので、うれしくてたまりません。

いつもよりも、ほのおをあげながら、カバの後《うし》ろについていきました。


火《ひ》が山《やま》をおりていくと、火《ひ》があるいた道《みち》が　ぼうぼうもえて、山《やま》かじが　おきました。

そんなこととは　しらないカバは、火《ひ》を家《いえ》にまねき入《い》れました。

「ここがぼくの家《いえ》だよ。さあさあ、入《はい》って入《はい》って」

YAPHIDU

そして、カバは　家《いえ》の中《なか》にいる　かぞくに　こえを
かけました。

「父《とう》さん、母《かあ》さん、みんな、
ルウェンゾリ山《さん》の火《ひ》が　あそびにきてくれたよ」

カバのかぞくは　みんな出《で》てきて、

「カリブ！（ようこそ！）」

と、いいました。

火《ひ》は、かんげいされたことが　うれしくて、

「アサンテ・サーナ（ありがとうございます）」

と、いいながら、カバの家《いえ》に入《はい》った、そのときです。

カバの家《いえ》は、ぼうぼうもえだして、かじになって
しまいました。
カバたちの　ふさふさの毛《け》にも　火《ひ》が　もえうつって、
体《からだ》じゅうに　はえていた毛《け》が　一本《いっぽん》のこらず　やけて
しまいました。
カバも、カバのかぞくも大《おお》やけど。
「あつい、あつい、いたい、いたい！
ブホブホホー！」

YAPHIDU

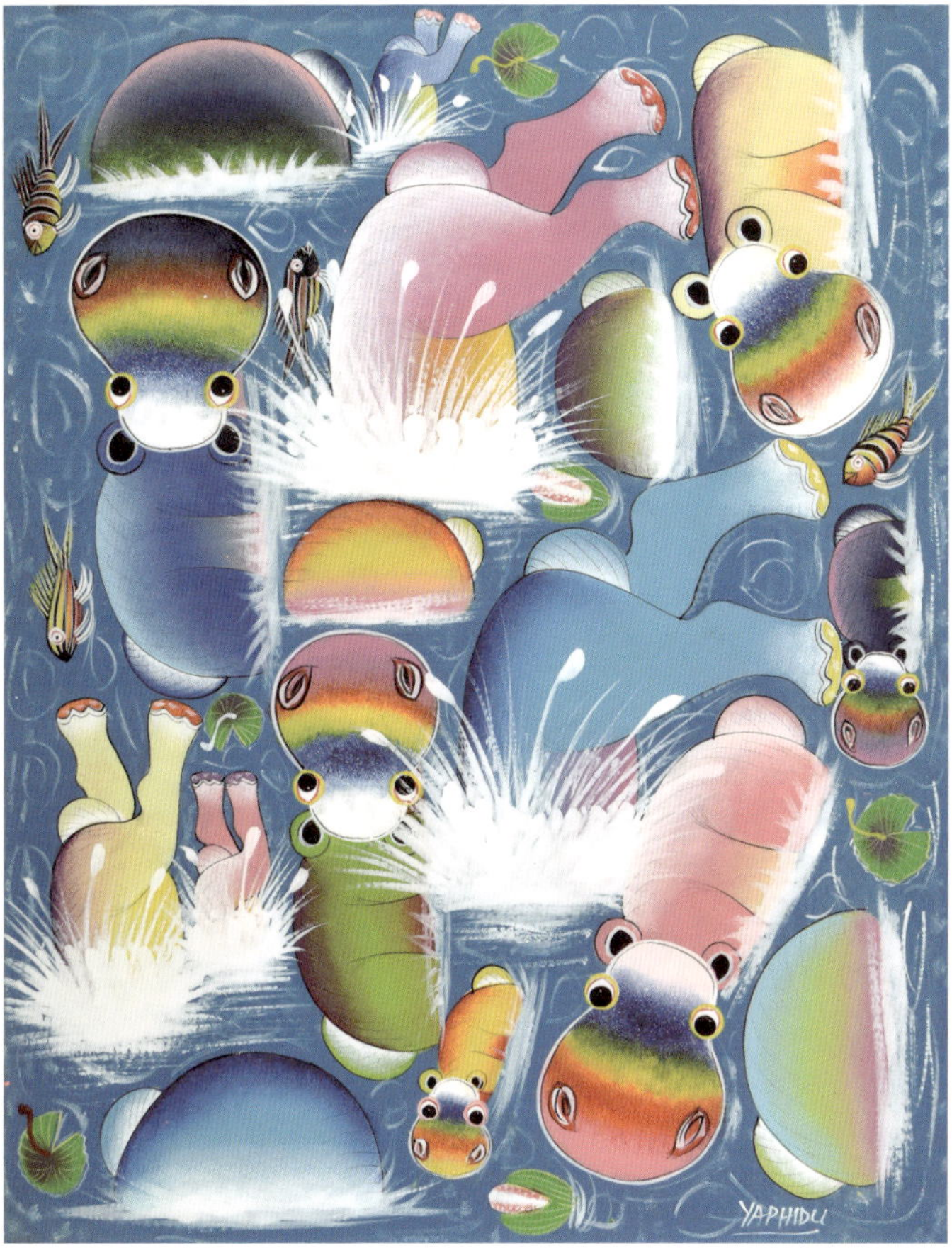



カバたちは、なきながら、ナイル川《がわ》にとびこみました。

火《ひ》は、山《やま》かじを　おこしたうえに、友《とも》だちや
かぞくに　大《おお》やけどを　おわせてしまった　かなしさで、
「オロロンホー、　オロロンホー」
と、なきました。
「オロロンホー、　オロロンホー」
火《ひ》は、ないて　ないて　ないて、とうとうなみだで
かじをけし、じぶんもきえて　なくなってしまいました。

YAPHIDU

カバは、ウサギのいうことなんか　きかなければ、
火《ひ》とずっと　なかよしでいられたのにと、かなしくて、
くやしくて、ブオブオブオブオブオなきました。
なくと、なみだが　やけどにしみて、いたくて、
いたくて、また　ブオブオブオブオブオなきました。

そのやけどが　もとで、
カバは　いまでも体《からだ》が　つるっつる。

そのうえ、いまでもカバは、体《からだ》が　かわくと、まだ
やけどのあとがいたむので、水《みず》の中《なか》に入《はい》って、はだを
いたわって　いるのです。

ウガンダのはなしは、
これで、おしまい。

YAPHIDA

# どうぶつ村《むら》の井戸《いど》

## タンザニアのおはなし

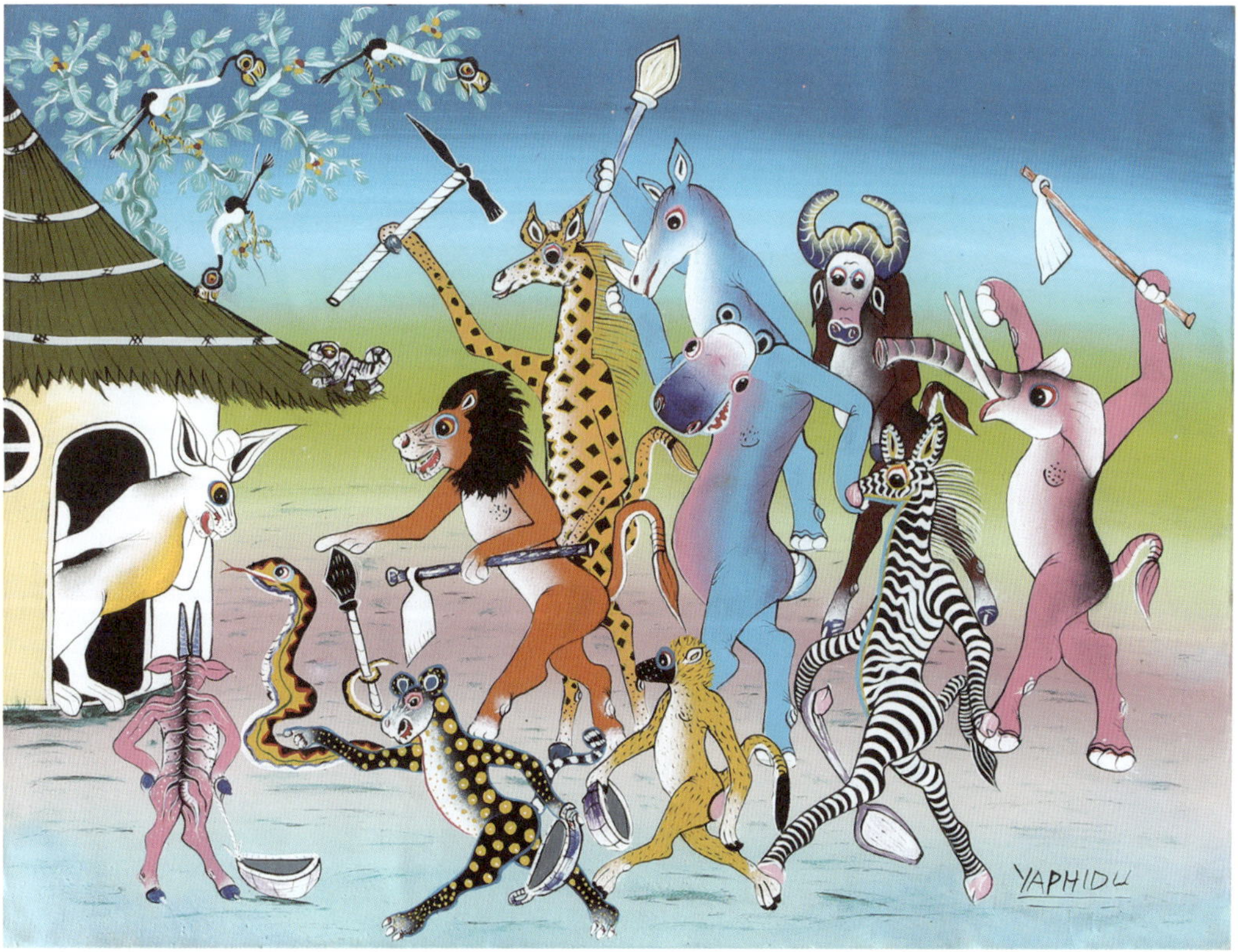

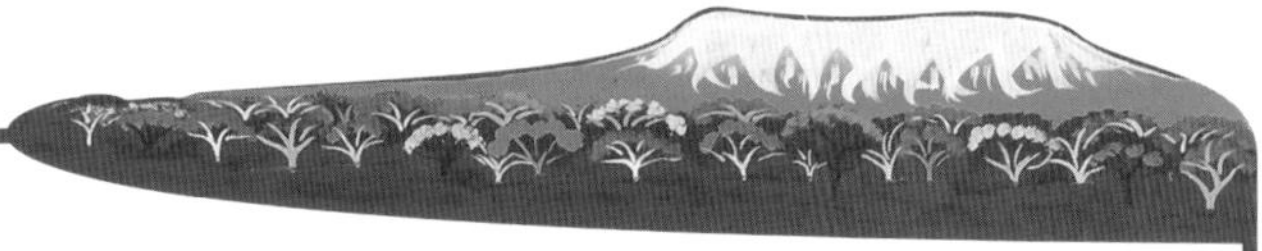

これは、アフリカの　タンザニアという国《くに》の
むかしばなしです。
　タンザニアのむかしばなしは、
「パウカー（はじめるよ）」、
「パカワー（はーい）」で　はじまり、
「今日《きょう》のはなしは、これで　おしまい。
ほしけりゃ　もってきな。
いらなきゃ　海《うみ》にすてとくれ」
で　おわります。
　さあ、それでは、今日《きょう》のおはなしを　はじめましょう。
「パウカー」「パカワー」

## 井戸《いど》をほろう

ハポ　ザマニザカレ（むかしむかし、あるところに）、どうぶつが　たくさん　くらしておりました。

そのころのウサギは、ふさふさした　とびっきりすてきなしっぽを　もっていて、それが　じまんのたねでした。

ある日《ひ》、どうぶつたちが　あつまって、村《むら》を作《つく》っていっしょにくらそうと、はなしあいました。

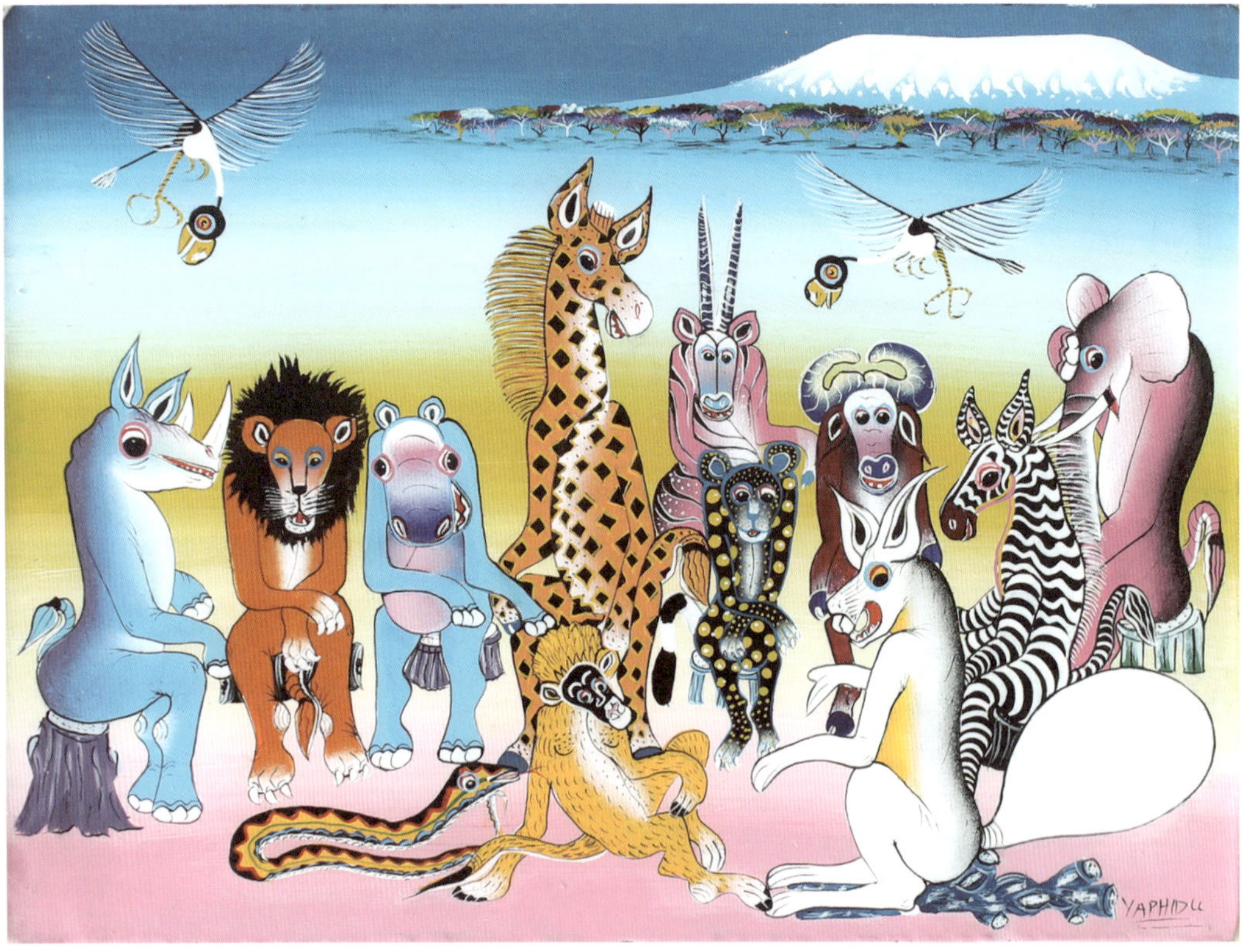

サイが、
「村《むら》を作《つく》るのはいいけれど、水《みず》がないと
みんないっしょには　くらせないよ」
と、いいました。

キリンが、

「じゃあ、みんなで　井戸《いど》をほろう」

と、いうと、みんな、

「いいよ」

と、いいました。

次《つぎ》の日《ひ》の朝《あさ》、どうぶつたちは、さそいあって
井戸《いど》ほりに　でかけました。
「おサルちゃん、いっしょに　いこう」
「キリンくん、いっしょに　いこう」

さいごに、みんなで　ウサギの家《いえ》にいきましたが、
ウサギは、
「今日《きょう》は　おなかがいたいから、いかないよ」
と、いって、いきませんでした。

YAPHIDU

YAPHIDU

どうぶつたちは、しかたがないので、
じぶんたちだけで、井戸《いど》をほりはじめました。

えっさ、ほいさ、
えっさ、ほいさ、
出《で》てこい、出《で》てこい、
水《みず》、水《みず》、水《みず》♪

三日《みっか》ほっても、十日《とおか》ほっても、水《みず》は出《で》てきません。
でも、どうぶつたちは　あきらめないで、

YAPHIDU

はげましあって　井戸《いど》ほりをつづけました。

えっさ、ほいさ、
えっさ、ほいさ、
出《で》てこい、出《で》てこい、
水《みず》、水《みず》、水《みず》♪

それなのに、ウサギは、毎日《まいにち》、
「あたまがいたいから、いかないよ」
「はがいたいから、いかないよ」

などと、いって、とうとう　いちども井戸《いど》ほりを
しませんでした。
三《さん》しゅうかんかかって、やっと　水《みず》が出《で》てきました。
どうぶつたちは、大《おお》よろこび。
この井戸《いど》があれば、村《むら》を作《つく》って、みんなですむことが
できるのです。
その日《ひ》は、水《みず》のめぐみに　かんしゃして、みんなで
うたって　おどりました。

YAPHIDU

## 水《みず》どろぼうを　さがせ

　ところで、いちども　井戸《いど》ほりをしなかったウサギは、「村《むら》の井戸《いど》をつかうな」と　いわれていたのですが、夜《よる》にこっそり井戸《いど》にいって、水《みず》をぬすんでいるようです。

　そこで、どうぶつ村《むら》で　一番強《いちばんつよ》いライオンが、井戸《いど》のみはりを　することになりました。

　夜《よる》になると、ウサギが、じまんのしっぽを　ゆさゆさゆらしながらやってきて、ひょうたんに　たっぷり

水《みず》をくみました。

ライオンは、そこをみはからって、とびかかり、
ウサギを　ガシッとつかまえました。

ウサギは、大《おお》きなしっぽを　ぷるぷるふるわせ、
うそなきをしながら　いいました。
「ライオンさん、おねがいです、たすけてください」
でも、ライオンは、
「だめだ、だめだ。水《みず》どろぼうを　ゆるすわけには
いかない」
と、いいました。

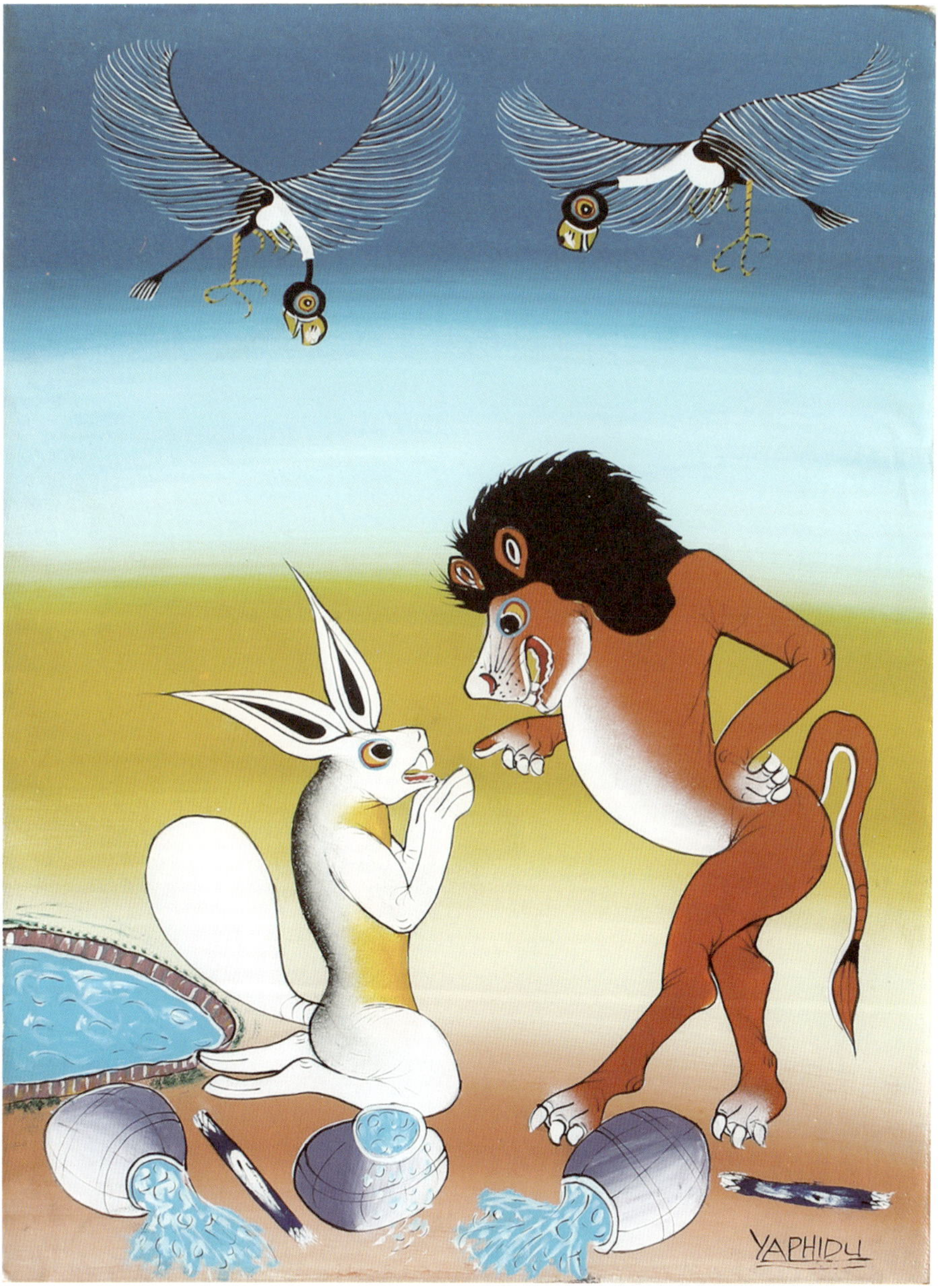
YAPHIDU

すると、ウサギは、
「水《みず》どろぼうは、ほかにもいるから、そいつも
つかまえてくださいよ」
と、いいました。
ライオンは、それを聞《き》くと、
「そんなはずはない。おれはずっと井戸《いど》をみはって
いたんだ」
と、いったので、ウサギは、
「それなら、井戸《いど》をのぞいて　ごらんなさいな」
と、いいました。

ライオンが　井戸《いど》をのぞいてみると、　そこには、
大《おお》きな顔《かお》の、　おそろしく強《つよ》そうな　どうぶつがいました。
ライオンが、「ガオーッ」と、　ほえると、　井戸《いど》の中《なか》の
どうぶつも、　きばをむいて　にらみつけてきます。
ライオンは、　生《う》まれてはじめて　こいつは強《つよ》そうだと
おもいました。

ウサギはライオンに、　こうささやきました。
「いくらほえたって　だめですよ。
さっき　ぼくをつかまえたように、　とびかかって
いかなくっちゃ」

YAPHIDU

ライオンは、
「モジャ、ビリ、タトゥー！（いち、にの、さーん！）」
で、井戸《いど》の中《なか》の水《みず》どろぼうに　とびかかっていきました。

でも、それは、水《みず》にうつった　ライオンです。

バッシャーン！　ガボガボ、ガボボボッ
ライオンは、そのままおぼれてしまいました。

ウサギはそれを見《み》ると、大《おお》いそぎで村《むら》にいって、
大《おお》きなしっぽを　ぐわんぐわんゆさぶりながら
さけびました。
「たいへんだ、たいへんだ。
ライオンくんが、井戸《いど》におちて　しんじまったよ」
でも、空《そら》から見《み》ていた鳥《とり》たちがいいました。
「みんな　だまされちゃ、だめ。
ライオンは、ウサギに　だまされて　おぼれたの。
井戸《いど》ほりだって　しなかった　ウサギのことばを
しんじてはだめ」

どうぶつたちは、
それを聞《き》くと、
みんなで、
ウサギを
おいかけました。

ウサギは、ぴょんぴょんぴょーんと　とびはねながら、サバンナまでにげると、小《ちい》さな　あなを見《み》つけて、中《なか》にすぽんと　かくれました。

## ちぎれたしっぽ

めすライオンが、だれよりも　はやく　かけつけて、外《そと》に　はみ出《だ》していた　ウサギの　りっぱなしっぽを見《み》つけました。

＊サバンナ……熱帯地方《ねったいちほう》のかわいた草原《そうげん》。ここは雨《あめ》がふるきせつと日照《ひで》りのきせつがはっきりわかれている。

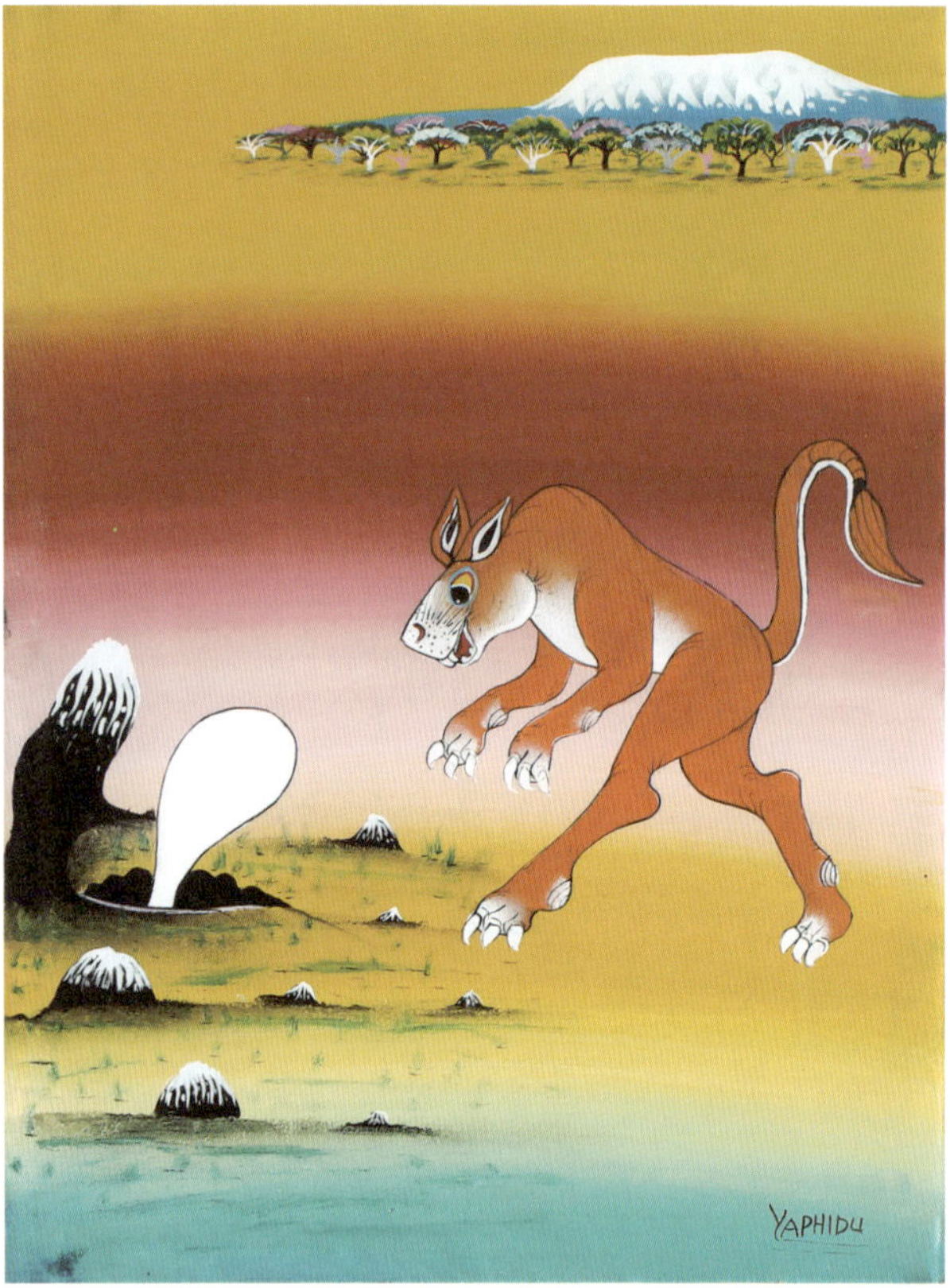


「井戸《いど》もほらなきゃ　水《みず》もぬすむ、そのうえ、なかまを
だまして井戸《いど》におとした、わるいウサギめ、こんどこそ
にがさないよ！」

と、いうと、がぶりと　しっぽにかみついて、ひっぱりました。

ウサギは、あなの　おくへ　おくへ　もぐります。

めすライオンは、上《うえ》へ上《うえ》へ　ひっぱります。

「ん〜、むむむ

ん〜、むむむ

ん〜、ん〜、むむむ、むむむ……」

ブッチンッ！

大《おお》きな音《おと》がして、とうとうウサギのじまんのしっぽがちぎれてしまいました。

めすライオンは、ふさふさの　ウサギのしっぽをくわえて、村《むら》に帰《かえ》っていきました。

いのちは　たすかったものの、ウサギは　もう　村《むら》に帰《かえ》ることはできません。

そのうえ、ごじまんだった　ふさふさのしっぽが
ちぎれて、おんちょろりんとしか　のこっていません。

ウサギは　じぶんのしっぽを見《み》て、

「キェーキェー、ブブッブブッ」

と、なきました。

そして、なきやんでからも、ずいぶん長《なが》いあいだ、
しょんぼり　ぽつりと　サバンナに立《た》っていました。

YAPHIDU

ウサギのしっぽがみじかいのは、むかしむかしに、
こんなことが　あったからなのです。
今日《きょう》のはなしは、これで　おしまい。
ほしけりゃ　もってきな。
いらなきゃ　海《うみ》にすてとくれ。

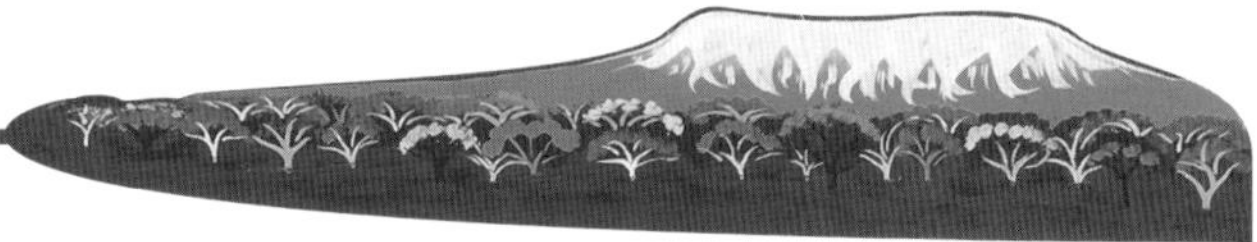

## なぜなぜばなし　解説《かいせつ》――島岡由美子《しまおかゆみこ》

アフリカのむかしばなしといっても、アフリカ大陸《たいりく》はとても広《ひろ》くて、五十以上《ごじゅういじょう》の国《くに》があります。この本《ほん》で紹介《しょうかい》しているのは、ケニア、ウガンダ、タンザニアのおはなしです。

### ◉ハイエナとカラス（ケニアのおはなし）◉

ケニアのキクユ民《みん》のムワンギさんに教《おし》えてもらったこのおはなしは、始《はじ》まってそうそう、ハイエナがいきなりカラスにクソをぶっかけるというシーンが出《で》てきたので、びっくりしました。なんでも、ケニアに伝《つた》わるおはなしでは、ハイエナが主人公《しゅじんこう》のはなしがわりと多《おお》いのだそうです。世界《せかい》にはいろいろなおはなしがあるものですね。

ヤフィドゥさんは、空《そら》を飛《と》ぶハイエナの姿《すがた》を楽《たの》しそうに描《か》いていました。

### ◉ルウェンゾリ山《さん》の火《ひ》とナイル川《がわ》のカバ（ウガンダのおはなし）◉

これは、ウガンダ人《じん》のムズナさんから聞《き》いたはなしで、火《ひ》が住《す》んでいたルウェンゾリ山《さん》は、アフリカで三番目《さんばんめ》に高《たか》い山《やま》（最高峰《さいこうほう》はキリマンジャロ山《さん》）。ちなみに、現在《げんざい》のルウェンゾリ山頂《さんちょう》には、火《ひ》ではなく、万年雪《まんねんゆき》があるそうです。

このおはなしには、カバに入《い》れ知恵《ぢえ》するウサギが出《で》てきます。アフリカの民話《みんわ》にはウサギはとんちもの、頭《あたま》はいいけどずるがしこい「トリックスター」として登場《とうじょう》することが多《おお》いです。ウサギのいうことを聞《き》かなければ、火《ひ》もカバも仲良《なかよ》しのままでいられたのに、と、かわいそうになりますが、現実《げんじつ》の生活《せいかつ》のなかでも判断《はんだん》をまちがえると、大《おお》きな失敗《しっぱい》や事故《じこ》につながりがち。むかしばなしは、大《おお》げさに思《おも》えるかもしれませんが、実《じつ》は身近《みぢか》にもおこりがちなことが語《かた》られているものです。

ヤフィドゥさんが描《か》いた、毛《け》がふさふさのカバさんには笑《わら》いました。

### ◉どうぶつ村《むら》の井戸《いど》（タンザニアのおはなし）◉

タンザニアのおはなしの多《おお》くは、始《はじ》まりと終《お》わりに決《き》まり文句《もんく》がありますが、日本《にほん》のむかしばなしでも、「ざっと昔《むかし》あったと」などの初《はじ》めの文句《もんく》や、「とっぴんぱらりのぷう」（秋田《あきた》）、「とーびんと」（山形《やまがた》）など終《お》わりの文句《もんく》があるのと同《おな》じですね。

ところで、アフリカの多《おお》くの国《くに》での深刻《しんこく》な問題《もんだい》のひとつが水不足《みずぶそく》。いまでも多《おお》くの人《ひと》たちが、毎日水《まいにちみず》を求《もと》めて苦労《くろう》しており、そこは水《みず》がふんだんにある日本《にほん》とは大《おお》きくちがいます。私《わたし》が住《す》んでいるザンジバルでも、日常的《にちじょうてき》に水不足《みずぶそく》なので、ご近所《きんじょ》さんとのあいさつには必《かなら》ず、「水《みず》の出《で》はどう？」「今日《きょう》は水《みず》がくめた？」という会話《かいわ》が出《で》てきます。

このように、水《みず》が生活《せいかつ》と強《つよ》く結《むす》びついているため、アフリカには、「水《みず》をめぐる争《あらそ》い」「井戸《いど》ほり」「水《みず》どろぼう」というように、水《みず》をテーマとするおはなしが多《おお》いです。ヤフィドゥさんも、家《いえ》からはなれた井戸《いど》に水《みず》をくみにいく苦労《くろう》を知《し》っているせいか、さし絵《え》がほかのおはなしよりもぐっとリアルになっていました。

YAPHIDU

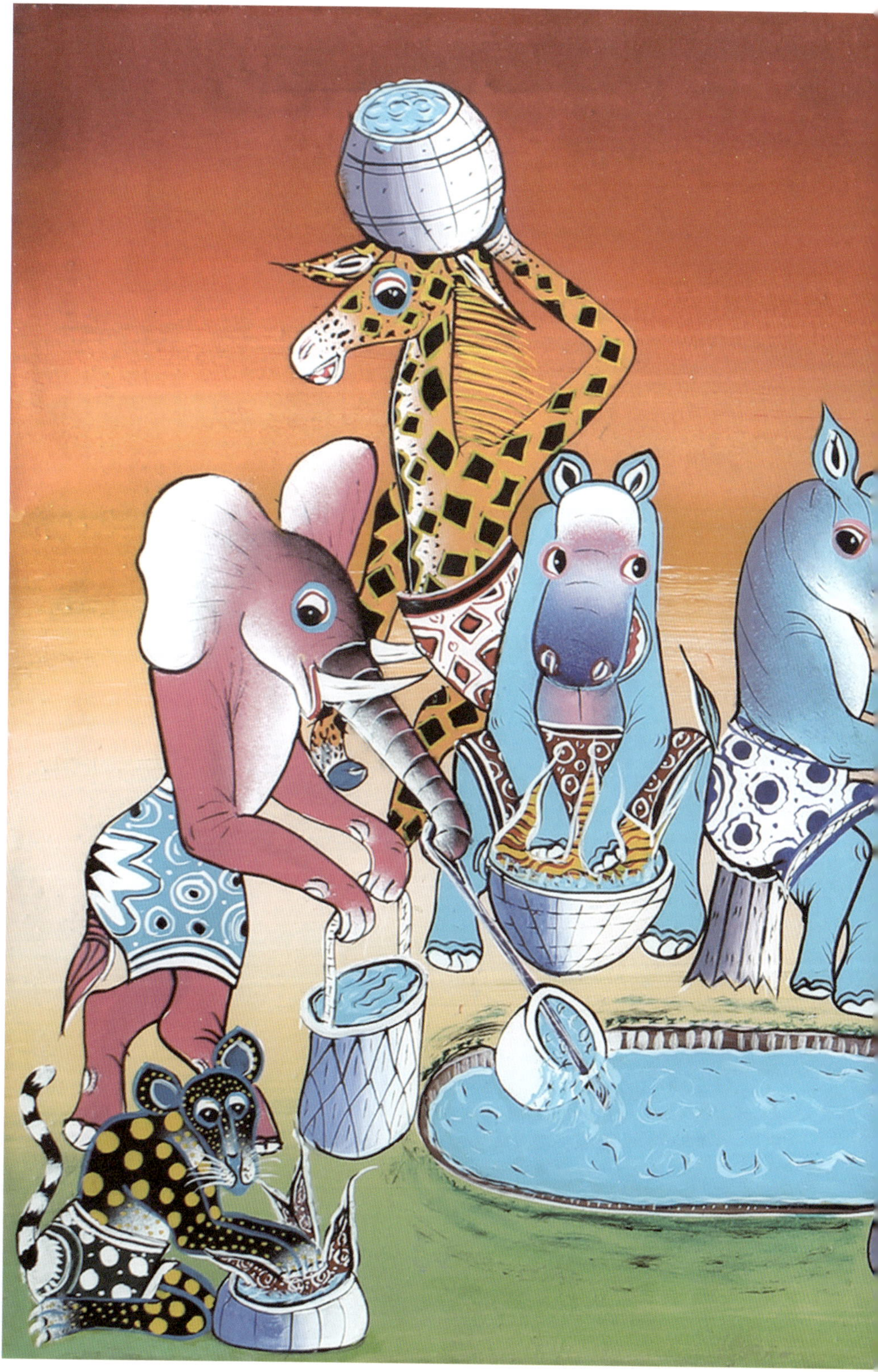

《編・再話》
**しまおかゆみこ（島岡由美子）**

名古屋生まれ。1987年より夫島岡強と共にアフリカに渡り、タンザニアのザンジバルで、人々の自立につながる事業や、スポーツや文化の交流活動を続けている。アフリカ各地に伝わる民話の聞き取り、再話がライフワーク。主な著書に『アフリカから、あなたに伝えたいこと』『どうぶつたちのじどうしゃレース』『アフリカに咲く 熱帯の花、笑顔の花――ワイルドフラワー120』など。https://africafe.jp

《絵》
**ヤフィドゥ（Yafidu Ally Makaka）**

1976年生まれ。タンザニアのトゥンドゥール地方、ナカパニャ村出身。叔父チャリンダの影響で絵を描きはじめる。夢の中に出てきた動物たちを描いたのがきっかけで、いまの作風が生まれた。『アフリカの民話集　しあわせのなる木』（未來社）で挿絵を担当。

＊地図作成＊川口圭希（バラカ）
＊協力＊上田律子（ひまわりおはなし会代表）／矢田真由美／下里美香
＊ブックデザイン＊土屋みずほ　＊編集＊天野みか

ティンガティンガ・アートでたのしむアフリカのむかしばなし
1　なぜなぜばなし　どうぶつ村《むら》の井《い》戸《ど》
2025年1月14日　初版第1刷発行

編・再話　しまおかゆみこ／絵　ヤフィドゥ
発 行 者　田村太郎
発 行 所　株式会社 かもがわ出版
〒602-8119　京都市上京区堀川通出水西入
TEL 075-432-2868　FAX 075-432-2869
振替　01010-5-12436 ／ https://www.kamogawa.co.jp
印 刷 所　シナノ書籍印刷株式会社
ISBN978-4-7803-1354-3　C8098　NDC388・994　Printed in Japan　［堅牢製本］